本書的使

羊的德國

step 1

對不起！打擾一下。
Entschuldigen Sie die Störung!

出示下列這一行字請對方過目，並請對方指出
下列三個選項，回答是否願意協助「指談」。

step 2

這是指談的會話書，如果您方便的話，是否能
請您使用本書和我對談？

Das ist ein Unterhaltungsbuch
mit Hilfe des Fingerzeigens.
Wenn es Ihnen keine Umstände
macht, wollen Sie sich durch das
Buch mit mir unterhalten?

好的！沒問題！
O.K.! Kein
Problem.

抱歉！我沒時間。
Es tut mir leide, ich
habe keine Zeit.

抱歉！我沒興趣。
Es tut mir leid, ich
habe keine Lust.

step 3

如果對方答應的話（也就是指著" O.K.!
Kein Problem."的話），請馬上出示下列圖
文，並使用本書開始進行對話。若對方拒絕
的話，請另外尋找願意協助指談的對象。

非常感謝！現在讓我們開始吧！
Vielen Dank! Lassen uns
jetzt beginnen!

① 本書收錄有十個單元三十多個主題，並以色塊的方式做出索引列於書之二側；讓使用者能夠依顏色快速找到所需要的單元。

② 每一個單元皆有不同的問句，搭配不同的回答單字，讓使用者與協助者可以用手指的方式溝通與交談，全書約有超過150個會話例句與2000個可供使用的常用單字。

③ 在單字與例句的欄框內，所出現的頁碼為與此單字或是例句相關的單元，可以方便快速查詢使用。

④ 當你看到左側出現的符號與空格時，是為了方便使用者與協助者進行筆談溝通或是做為標註記錄之用。

⑤ 在最下方處，有一註解說明與此單元相關之旅遊資訊，方便使用者參考。

⑥ 最後一個單元為常用字詞，放置有最常被使用的字詞，讓使用者參考使用之。

⑦ 隨書附有通訊錄的記錄欄，讓使用者可以方便記錄同行者之資料，以利於日後連絡。 → P.90

⑧ 隨書附有＜旅行攜帶物品備忘錄＞，讓使用者可以提醒自己出國所需之物品。→ P.91

le metro

★巴黎有二處機場，(1)戴高樂
以連接市區的地下鐵，票價

動詞／疑問句

什麼 comment ？	怎 Pou
什麼時候 Quand?	

通訊錄記錄

我住在_____飯店，地址是 J' habite a l'hotel _____ l'adresse	
姓名 	➡

重 要 度 A	護照（要影
	簽證（有的國
	飛機票（要影
	現金（零錢也
	信用卡
	旅行

a	B	c	D	E	f	g	h	i
[a:]	[be:]	[tse:]	[de:]	[e:]	[ɛ f]	[ge:]	[ha:]	[i:]
j	K	l	M	N	o	p	q	r
[jɔt]	[ka:]	[ɛ l]	[ɛ m]	[ɛ n]	[o:]	[pe:]	[ku:]	[ɛ r]
s	T	u	V	W	x	y	z	s
[ɛ s]	[te:]	[u:]	[fau]	[ve:]	[iks]	[ypsilɔn]	[ts ɛ t]	[ɛ s'ts ɛ t]

(1) 德文除了二十六個字母與英文相同之外,還有：

母音字母：**a, e, i, o, u**

變母音字母：**ä [ɛ :] ö[ø:] ü[y:]**

雙母音字母：**ai / ay / ei / ey [ei], au[au], au / eu[ɔy]**

子音字母：**b, c, d, f, g, h, j, k, l, m, n, p, q, r, s, t, v, w, x, y, z**

- -

(2) 德文在發音上,除了上述的不同之外,尚需要注意

[A][C][Ch][E][G][H][I][J][L][R][S][Sch][Sp][St][U][V][W][Z]與英文的發音不一定相同

- -

　　德語的問候語大都是一些慣用語，因此最好的學習方法就是反反覆覆的多念幾次，直到能朗朗上口為止，至於何謂「朗朗上口」呢？簡單的說就是當你想向人道謝時，結果在第一時間衝口而出的居然是「Danke.」而不是「謝謝！」，那麼你就算「學成」！

　　以下的各句問候用語，你不妨每句先念個一百次，你馬上就可以體驗到何謂「德語朗朗上口」的快樂滋味，不信的話就請試試看吧！

問候語

早安 Guten Morgen!

你好 Guten Tag!

晚安 Guten Abend!

晚安(臨睡前的問候語) Gute Nacht!

麻煩你 Darf ich Sie um etwas bitten?

可以請您幫我一個忙嗎？
Können Sie mir einen Gefallen tun?

謝謝 Danke schön.

不客氣 Bitte schön.

對不起 Entschuldigung.

再見 Auf Wiedersehen.

再見(比較口語的表達方式) Tschüss!

不好意思（詢問、叫人、引人注意時的用語）
Entschuldigen Sie.

什麼(請別人重複一遍) Wie bitte!

原來如此 Ach so!

稱呼

先生 Herr

女士 Frau

小姐 Fräulein(很少用)

需要用到的句子

我不會說德文
Ich spreche kein Deutsch.

請講慢一點
Bitte, sprechen Sie langsam.

請再說一次
Bitte, wiederholen Sie das noch einmal.

請寫在這裡
Bitte, schreiben Sie das hier auf.

單元一　基本介紹

(1)本書的使用方法　　　　　1
(2)版面介紹　　　　　　　　2
(3)語言字母表~羅馬拼音　　3
(4)常用的問候語　　　　　　4-5
目錄　　　　　　　　　　　6-7

單元二　從機場到旅館

(1)機場詢問　　　　　　　　8-9
(2)今晚打算住哪裡?　　　　10
(3)旅館常見問題　　　　　　11

單元三　旅行觀光

(1)觀光景點　　　　　　　　14-31
(2)自助旅行　　　　　　　　32-33
(3)搭乘電車　　　　　　　　34-35
(4)搭乘計程車　　　　　　　36
(5)懶人旅行法　　　　　　　37
(6)德國全圖　　　　　　　　38-39

單元四　料理飲食

(1)德國美食　　　　　　　　40-41
(2)食材煮法　　　　　　　　42-43
(3)料理種類　　　　　　　　44-45
(4)水果飲料　　　　　　　　46
(5)葡萄酒介紹　　　　　　　48

單元五　購物shopping

(1)德國主要購物中心　　　　49
(2)逛街購物　　　　　　　　50-51
(3)衣服採購　　　　　　　　52-53
(4)電器禮品　　　　　　　　54-55

單元六　數字時間

(1)數字金錢	56-57
(2)年月季節	58-59
(3)時間標示	60-61
(4)約會確認	62-63

單元七　文化生活

(1)生活介紹	66-67
(2)休閒娛樂	68-69
(3)文化與生活	70-71

單元八　介紹問候

(1)自我介紹	72-73
(2)嗜好與興趣	74
(3)星座	75
(4)朋友關係	76-77

單元九　藥品急救　78-81

單元十　常用字詞　82-89

形容詞
動詞／疑問句

通訊錄記錄	90
旅行物品備忘錄	91

機場詢問

從機場到旅館

旅行觀光

料理飲食

購物 Shopping

數字時間

文化生活

介紹問候

藥品急救

常用字詞

附錄

請問您
Entschuldigen Sie, ich habe eine Frage.

在哪裡？ Wo ist das?	謝謝 Danke

入境 Einreise	出境 Ausreise	觀光 Tourismus	出差 Geschäfts-reise
是的 ja	不 nein	休假出遊 Urlaub → P.32	留學 Auslands-studium

停留多久？
Wie lange bleiben Sie hier?

一個禮拜 eine Woche → P.60-61	二個禮拜 zwei Wochen	一個月 einen Monat
一年 ein Jahr	過境 Transit	

★一般進出德國都以法蘭克福為中心，此機場與市中心的聯繫非常方便，不必出機場就可以搭乘巴士、電車、地鐵和火車。機場下層就是火車站與月台。

從機場到旅館

旅行觀光

料理飲食

購物
Shopping

數字時間

文化生活

介紹問候

藥品急救

常用字詞

附錄

請問這附近有沒有~~？ → P.32
Gibt es hier in der Nähe~~?

有前往市區的機場巴士嗎？ → P.34、36
Gibt es einen Bus, der vom Flughafen in die Stadt fährt?

要在哪裡搭車？
Wo ist die Bushaltestelle?

請問~~在哪裡？
Wo ist ~~?

洗手間 → P.34 die Toilette	男廁 die Herrentoilette	女廁 die Damentoilette
兌幣處 → P.56 der Schalter zum Geldumtausch	免稅商店 der Duty Free Markt	旅客詢問處 die Touristen-information
海關 der Zoll	公車站 die Bushaltestelle	計程車招呼站 der Taxistand → P.36

能不能幫幫我？
Könnten Sie mir helfen? / Könnten Sie mir einen Gefallen tun?

吸煙區
Raucherzone

從機場
到旅館

旅行
觀光

料理
飲食

購物
Shopping

數字
時間

文化
生活

介紹
問候

藥品
急救

常用
字詞

附錄

我在台灣就已經預約旅館。
Ich habe das Hotelzimmer schon in Taiwan gebucht.

請問還有房間嗎？
Haben Sie noch Zimmer frei?

請問住宿費一天多少錢？
Wieviel kostet es pro Tag? → P.56

我要住 ＿＿ 天 → P.58
Ich bleibe ＿＿Tage.

這有包括稅金嗎？
Ist das inklusive Steuer?

有沒有更便宜的房間？
Gibt es ein billigeres Zimmer?

請給我比較安靜的房間。
Ich möchte grerne ein ruhiges Zimmer.

單人房 das Einzelzimmer	雙人房 das Doppelzimmer	飯店 das Hotel	物美價廉的飯店 das preiswerte Hotel

現在就可以Check in嗎？
Kann ich mich jetzt anmelden?

退房時間是幾點？ → P.61
Bis wann muss man das Zimmer räumen?

請告訴我! Bitte sagen Sie mir~	~在哪裡? Wo ist ~?	客滿 voll besetzt / ausgebucht	旅館櫃台 der Empfang	廁所 die Toilette

您這裡(這飯店)的地址？ Wie lautet Ihre Adresse? / Wie lautet die Adresse dieses Hotels?	您這裡(這飯店)的電話號碼？ Wie ist Ihre Telefonnummer? / Wie ist die Telefonnummer dieses Hotels?

★德國人通常不直接飲用生水，大多飲用礦泉水。

我要再多住一天。
Ich möchte noch einen
Tag länger bleiben.

請幫我換房間。
Ich möchte bitte das
Zimmer wechseln.

這個房間太吵了。
Das Zimmer ist zu
laut.

房間裡沒有肥皂。
In meinem Zimmer
gibt es keine Seife.

| 毛巾 kein Handtuch | 牙刷 keine Zahnbürste | 牙膏 keine Zahnpasta. |

這個鎖壞了。
Das Schloss ist
kaputt.

我(不小心)把鑰匙忘在房間裡了。
Ich habe meinen Schlüssel
im Zimmer vergessen.

沒有熱水。
Es gibt kein
warmes Wasser.

浴缸的塞子塞不緊。
Der Stöpsel der
Badewanne ist undicht.

電視不能看。
Der Fernsehapparat
funktioniert nicht.

廁所沒辦法沖水。
Die Toilettenspülung
funktioniert nicht richtig.

我需要一位服務人員。
Ich brauche jemanden vom
Servicepersonal(Hotelservice).

這個壞了。
Das ist
defekt.

水管堵塞了。
Die Wasserleitung ist
verstopft.

暖氣壞了。
Die Heizung
funktioniert nicht.

德國

Deutschland

漢堡 Hamburg

我想去 _____ → P.32 Ich möchte zu/nach~	_____ 在哪裡？ Wo ist~~?
請問到_____怎麼走？ Wie komme ich zu/ zum/zur/nach~~?	這附近有 _____ 嗎？ Gibt es hier in der Nähe ~~?

 請告訴我現在的位置。(出示地圖)
Könnten Sie mir bitte zeigen, wo ich hier bin?

雷普道Reeperbahn

新鮮魚市場Fischmarkt

柯爾布蘭德橋
Kohlbrandbrucke

★雷普道

★登路橋
登路橋Landungsbrucken

聖‧米夏約利斯教堂
St.Michaelis

★德國在西元1990年兩德統一，統一後共分為十六個州；而其中柏林、不萊梅、漢堡是市州。

工藝博物館 Museum für Kunst und Gewerbe	市政廳 Rathaus	聖・雅各比教堂 St. Jacobi Kirche
聖・米夏約利斯教堂 St. Michaelis Kirche	內阿爾斯特湖 Binnenalster	新鮮魚市場 Fischmarkt
漢堡藝術館 Hamburger Kunsthalle	聖・佩特利教堂 St. Petri Kirche	聖・凱瑟琳教堂 St. Katharinen Kirche

精品商店街
Einkaufspassage
Hanse-Viertel

漢堡港
Hamburger Hafen

雷普道
(聞名的風化區大街)
Reeperbahn

船貨倉儲屋
（很具特色）
Speicherhäuser

從機場到旅館

旅行觀光

料理飲食

購物
Shopping

數字時間

文化生活

介紹問候

藥品急救

常用字詞

附錄

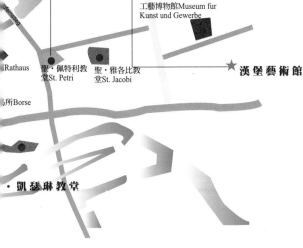

★ 聖・佩特利教堂

漢堡藝術館
Hamburger
Kunsthalle

工藝博物館Museum fur
Kunst und Gewerbe

Sternschied

Rathaus

聖・佩特利教堂St. Petri

聖・雅各比教堂St. Jacobi

★ 漢堡藝術館

交易所Borse

・凱瑟琳教堂

★ 漢堡為德國第二大城市，擁有德國最重要的海港，並有九十五個總領事館和領事館，為世界上最大的領事館城市。

柏林 Berlin

我想去 _____ → P.32 Ich möchte zu／nach~	_____ 在哪裡？ Wo ist ~~?
請問到_____怎麼走？ Wie komme ich zu／ zum／zur／nach~~?	這附近有 _____ 嗎？ Gibt es hier in der Nähe~~?

 請告訴我現在的位置。(出示地圖)
Könnten Sie mir bitte zeigen, wo ich hier bin?

東柏林 Ostberlin

菩提樹下大道 Unter den Linden	新崗哨 Neue Wache	德國歷史博物館 Deutsches Historisches Museum
宮殿橋 Schlossbrücke	老博物館 Altes Museum	老國家畫廊 Alte Nationalgalerie

夏洛坦堡宮殿
Schlos Charlottenburg

古希臘羅馬文物展示館
Antikensammlung

埃及博物館Agyptisches
Museum und
Papyrussammlung

往奧林匹克運動場
Olympiastadion

勝利紀念柱

帝國國會
Reichsta

動物公園
Tiergarten

柏林動物園
Zoologischer Garten

工藝博物館
Kunstgewerbe

國際會議中心
Internationales Congress
Centrum

威廉大帝紀念教堂
Kaiser-Wilhelm-
Gedächtnis-Kirche

歐洲中心Europa-Center

新國家畫
Nationalg

往達倫博物館Museen Dalem

從機場
到旅館

旅行
觀光

料理
飲食

購物
Shopping

數字
時間

文化
生活

介紹
問候

藥品
急救

常用
字詞

附錄

貝加蒙博物館
Pergamon Museum

夏洛坦堡宮殿
Schloss
Charlottenburg

布蘭登堡大門
Brandenburger Tor

柏林大教堂
Berliner Dom

前共和宮
Palast der Republik

亞歷山大廣場
Alexanderplatz

柏林市政廳 / 紅色市政廳
Berliner Rathaus /
Rotes Rathaus

電視塔
Fernsehturm

近衛騎兵露天市集
Gendarmenmarkt

西柏林 Westberlin

帝國國會大樓
Reichstagsgebäude

勝利紀念柱
Siegessäule

威廉大帝紀念教堂
Kaiser-Wilhelm-
Gedächtniskirche

柏林圍牆
Berliner Mauer

奧林匹克運動場
Olympiastadion

古希臘羅馬文物
展示館
Antikensammlung

動物公園
Tiergarten

克朗茲勒咖啡館
Café Kanzler

埃及博物館
Ägyptisches
Museum

柏林動物園
Zoologischer
Garten

工藝博物館
Kunstgewerbe-
museum

庫丹大道(購物街)
Kürfurstendamm

（map labels）
柏林圍牆Berliner Mauer
貝加蒙博物館Pergamon Museum
柏德博物館 Bode Museum
老國家畫廊Altes Nationalgalerie
布蘭登堡大門 Brandenburger Tor
柏林大教堂 Berliner Dom
亞歷山大廣場 Alexander Platz
菩提樹下大道Unter den Linden
新崗哨Neue Wache
聖母瑪麗亞教堂
柏林市政廳
近衛騎兵露天市集 Gendarmen Markt
老博物館Altes Museum
宮殿橋Schlossbrucke
Deutsches Historisches Museum
馬丁・葛羅比物斯博物 Martin-Gropius-Bau
★ 前共和宮

★柏林為德國的首都，同時也是德國最大的大學城，於西元1989年柏林圍牆倒塌，1990年德國終於統一。

17

科隆 Köln

我想去 _____ → P.32 Ich möchte zu/nach~	_____ 在哪裡？ Wo ist~~?
請問到_____怎麼走？ Wie komme ich zu/ zum/zur/nach~~?	這附近有 _____ 嗎？ Gibt es hier in der Nähe ~~?

 請告訴我現在的位置。(出示地圖)
Könnten Sie mir bitte zeigen, wo ich hier bin?

從機場
到旅館

旅行
觀光

料理
飲食

購物
Shopping

數字
時間

文化
生活

介紹
問候

藥品
急救

常用
字詞

附錄

★ 火車站前廣場

大教堂A
Köln Dor

市立博物館
Stadtmuseum

歌劇院
Opernhaus

市政
Ratha
Enge

市立劇院
Schauspielhaus

修紐特根博物館
Schnutgen-museum

科隆大教堂 Kölner Dom	路易博物館 Museum Ludwig	霍亨佐倫大鐵橋 Hohenzollernbrücke
火車站前廣場 Bahnhofsvorplatz	修紐特根博物館 Museum Schnütgen	羅馬-日耳曼博物館 Römisch-Germanisches Museum

瓦爾拉夫-理夏美術館
Wallraf-Richartz Museum
菲爾紀念館
Philharmonie
艾克發照像歷史館
Agfa Foto Historama

梅塞會場
Messe

科隆德意志火車站
Bf Koln-Deutz

萊茵河Rhein

耳曼博物館
ermanisches

觀光碼頭

青年旅館

亞教堂
aim

從機場
到旅館

旅行
觀光

料理
飲食

購物
Shopping

數字
時間

文化
生活

介紹
問候

藥品
急救

常用
字詞

附錄

★科隆大教堂是德國最大的主教教堂，音樂家舒曼也在此創作出萊茵交響曲，為了保存大教堂的原貌，德國持續進行一波波的整建工程。

法蘭克福 Frankfurt

我想去 _____ → P.32 Ich möchte zu/nach~	_____ 在哪裡？ Wo ist~~?
請問到_____ 怎麼走？ Wie komme ich zu/zum/zur/nach~~?	這附近有 _____ 嗎？ Gibt es hier in der Nähe ~~?

請告訴我現在的位置。(出示地圖)
Könnten Sie mir bitte zeigen, wo ich hier bin?

從機場到旅館

旅行觀光

料理飲食

購物
Shopping

數字時間

文化生活

介紹問候

藥品急救

常用字詞

附錄

貝多芬Beethoven雕像

海涅He

席勒Schi

法蘭克福中央大車站
Hauptbahnhof

法蘭克福大教堂 Dom St. Bartholomäus	商展大樓 Messeturm	美食巷 Fressgass
采爾街 （美食巷與采爾街都是 購物街） Zeil	薩克森豪森 Sachsenhausen	

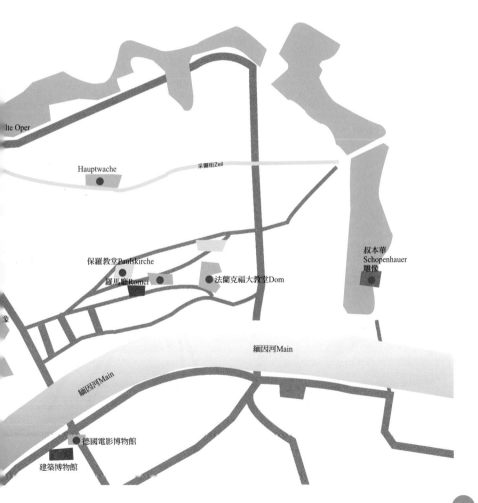

Ite Oper

Hauptwache

采爾街Zeil

保羅教堂Paulskirche

羅馬廳Romer

法蘭克福大教堂Dom

叔本華
Schopenhauer
雕像

緬因河Main

緬因河Main

德國電影博物館

建築博物館

★德國唯一擁有多數摩天大樓的城市即為法蘭克福，當地居民亦稱此城市為緬因哈頓；為重要的商業城市，
每年有不計其數的展覽會。

慕尼黑 München

我想去 _____ → P.32 Ich möchte zu/nach~	_____ 在哪裡？ Wo ist~~?
請問到 _____ 怎麼走？ Wie komme ich zu/zum/zur/nach~~?	這附近有 _____ 嗎？ Gibt es hier in der Nähe ~~?

請告訴我現在的位置。(出示地圖)
Könnten Sie mir bitte zeigen, wo ich hier bin?

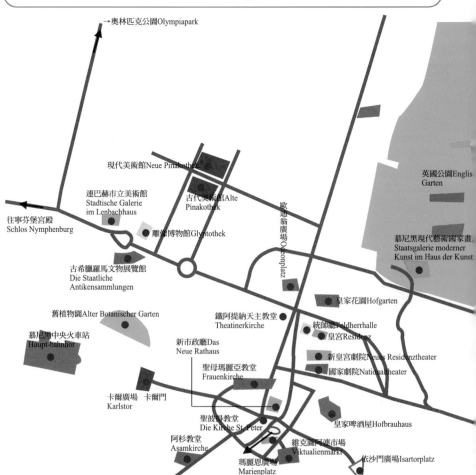

→奧林匹克公園Olympiapark

現代美術館Neue Pinakothek

英國公園Englis Garten

連巴赫市立美術館
Stadtische Galerie
im Lenbachhaus

古代美術館Alte
Pinakothek

歐迪翁廣場Oeeonplaz

往寧芬堡宮殿
Schlos Nymphenburg

雕像博物館Glyptothek

慕尼黑現代藝術國家畫
Staatsgalerie moderner
Kunst im Haus der Kunst

古希臘羅馬文物展覽館
Die Staatliche
Antikensammlungen

皇家花園Hofgarten

舊植物園Alter Botanischer Garten

鐵阿提納天主教堂
Theatinerkirche

統御廳Feldherrhalle

皇宮Residenz

慕尼黑中央火車站
Haupt-bahnhor

新市政廳Das
Neue Rathaus

新皇宮劇院Neues Residenztheater

國家劇院Nationaltheater

聖母瑪麗亞教堂
Frauenkirche

卡爾廣場 卡爾門
Karlstor

聖彼得教堂
Die Kirche St. Peter

皇家啤酒屋Hofbrauhaus

阿杉教堂
Asamkirche

維克圖阿蓮市場
Viktualienmarkt

依沙門廣場Isartorplatz

瑪麗恩廣場
Marienplatz

從機場
到旅館

旅行
觀光

料理
飲食

購物
Shopping

數字
時間

文化
生活

介紹
問候

藥品
急救

常用
字詞

附錄

歐迪翁廣場 Odeonsplatz	聖母瑪麗亞教堂 Frauenkirche	卡爾門 Karlstor
統帥廳 Feldherrnhalle	瑪麗恩廣場 Marienplatz	皇家啤酒屋 Hofbräuhaus
新皇宮劇院 Neues Residenztheater	國家劇院 Nationaltheater	鐵阿提納天主教堂 Theatinerkirche
老皇宮劇院 Altes Residenztheater	皇宮博物館 Residenzmuseum	聖彼得教堂 Kirche St. Peter
阿杉教堂 Asamkirche	新市政廳 Neues Rathaus	德意志博物館 Deutsches Museum
華倫廷博物館 Valentin-Museum	英國公園 Englischer Garten	雕像博物館 Glyptothek
古希臘羅馬文物展覽館 Staatliche Antikensammlung	古代美術館 Alte Pinakothek	現代美術館 Neue Pinakothek
奧林匹克公園 Olympiapark	連巴赫市立美術館 Städtische Galerie im Lenbachhaus	寧芬堡宮殿 Schloss Nymphenburg
慕尼黑現代藝術國家藝廊 Staatsgalerie für moderne Kunst im Haus der Kunst		

★慕尼黑為德國第三大城市，有各式各樣的博物館，也是各種音樂和戲劇的聚集地，因而成為國際馳
名的大都會。

童話大道的簡圖 Märchenstraße

我想去 _____ → P.32 Ich möchte zu／nach~	_____ 在哪裡？ Wo ist ~~?
請問到_____ 怎麼走？ Wie komme ich zu／ zum／zur／nach~~?	這附近有 _____ 嗎？ Gibt es hier in der Nähe ~~?

請告訴我現在的位置。(出示地圖)
Könnten Sie mir bitte zeigen, wo ich hier bin?

不來梅Bremen
（動物音樂家的故鄉）

verden

Hoya

Nienburg

漢諾威Hannover

Raddestort

Petershagen

Minden

Bückeburg

Porta Westfalica

Hessisch Oldendort

Bad Oeynhausen

Rinteln

哈美恩Hamein
（捕鼠人傳奇地）

Bad Pyrmont

Bodenwerder

Polle

Holzminden

Höxter

Neuhaus

Brakel

Uslar

Beverungen

Fürstenberg

Bovenden

Bad Karishafen

Bodenfelde

Trendelburg

Wahlsberg

Ebergötzen

Sababurg

Hofgeismar

Oberweser

哥廷根Göttingen

Heiligenstadt

Reinhards-hagen

Hann. Münden

Grebenstein

Fuldatal

卡塞爾Kassel
（格林兄弟定居地）

Staufenberg

Gleichen

Witzen-hausen

Friedland

Schauenburg

Kaufungen

Großalmerode

Niedenstein

Baunatal

Bad Sooden-Allendort

格林兄弟的求學之地

Gudensberg

Helsa

Fritzlar

Hessisch Lichtenau

Eschwege

Homberg/Etze

Schwalmstadt

Knüllwald

Schrecksbach

Schwarzenborn

Willingshausen

Sadtallendorf

Oberaula

馬堡Marburg

Neustadt

Neukirchen

艾爾斯菲爾德

Amöneburg

Alsfeld

小紅帽的家鄉

Lauterbach

Herbstein

Grebenhain

Freiensteinau

Schlüchtern

Steinau a.d. Straße

Bad Ord

Gelnhausen

哈瑙Hanau
（格林兄弟的誕生地）

觀光景點

從機場到旅館

旅行觀光

料理飲食

購物Shopping

數字時間

文化生活

介紹問候

藥品急救

常用字詞

附錄

童話大道 Märchenstraβe

哈瑙 Hanau	飛利浦斯魯爾宮博物館 Museum Schloss Philippsruhe	金匠博物館 Deutsches Goldschmiedehaus	

艾爾斯菲爾德 Alsfeld	修瓦姆城 (小紅帽故事的發生地) Schwalmstadt		

馬堡 Marburg	馬堡大學 Universität Marburg	依莉莎白教堂 Elisabethkirche	伯爵宮殿 Landgrafenschloss

卡塞爾 Kassel	當代藝術展覽館 Museum Fridericianum	格林兄弟紀念博物館 Brüder Grimm-Museum Kassel	威廉高地公園 Bergpark Wilhelmshöhe

哥廷根 Göttingen	哥根廷大學 Universität Göttingen	鵝女孩雕像 Gänsemagd	

Weender Str.

容克地主酒店
Junkernschanke

哥廷根大學

赤足街Barfuserstrase

Papendiek

老市政廳
Altes Rathaus

布涅曼之家
Bornemannsches Haus

Johannisstrase

市政廳廣場
Rathausplatz

Coner Str.

哈美恩 Hameln

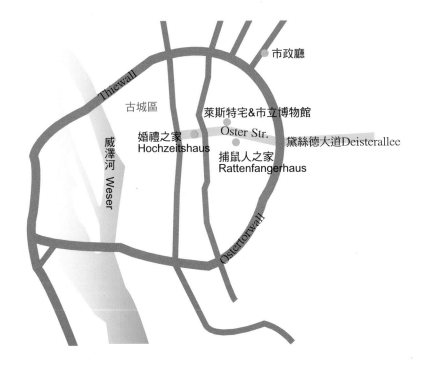

市政廳

Thiewall

古城區

威澤河 Weser

婚禮之家
Hochzeitshaus

萊斯特宅&市立博物館

Oster Str.

黛絲德大道Deisterallee

捕鼠人之家
Rattenfangerhaus

Ostertorwall

卡塞爾 Kassel	當代藝術展覽館 Museum Fridericianum	格林兄弟紀念博物館 Brüder Grimm- Museum Kassel	威廉高地公園 Bergpark Wilhelmshöhe
不來梅 Bremen	不來梅城市 音樂家雕像 die Bremer Stadtmusikanten	羅蘭雕像 Denkmal Roland	市政廳 Rathaus
	柏伽街 Böttcherstraβe	壁鐘之家 Haus des Glockenspiels	戎諾爾區 Schnoorviertel

★ 童話大道長約600公里，跨越緬因河與威澤河，沿途所見，除了格林兄弟的生平點滴之外，尚有極其美麗的
故事場景，可參觀之景點多達六十處以上，但沒有專屬巴士，所以最好的旅行方式就是自行租車。

羅曼蒂克大道 Romantische Straße

我想去 ＿＿＿ → P.32 Ich möchte zu/nach~	＿＿＿ 在哪裡？ Wo ist ~~?
請問到＿＿＿怎麼走？ Wie komme ich zu/ zum/zur/nach~~?	這附近有 ＿＿＿ 嗎？ Gibt es hier in der Nähe ~~?

請告訴我現在的位置。(出示地圖)
Könnten Sie mir bitte zeigen, wo ich hier bin?

從機場
到旅館

旅行
觀光

料理
飲食

購物
Shopping

數字
時間

文化
生活

介紹
問候

藥品
急救

常用
字詞

附錄

伍茲堡Würzburg
Tauber-bischofsheim
Lauda-Königshofen
Röttingen
Bad Mergenthein
Creglingen
Weikersheim
海德堡Heidelburg
羅騰堡R othenburg o.d. Tauber
Schillingsfürst
Feuchtwangen
Dinkelsbühl
Wallerstein
Nördlingen
Donauwörth

Romantische Straße

奧古斯堡 Augsburg
Königsbrunn
Landsberg
Hohenfurch
Schongau
Peiting
林德霍夫堡 Schloß Linderhof
Steingaden
Röttenbuch
福森Füssen
新天鵝堡 Schloß Neuschwanstein

伍茲堡 Würzburg	王宮 Residenz	王室教堂 Hofkirche	王室花園 Hofgarten
	大教堂 Dom	老緬因橋 Alte Mainbrücke	

羅騰堡 Rothenburg ob der Tauber	市集廣場 Marktplatz	市議會飲酒廳 Ratstrinkstube	小普勒恩 Plönlein
	主公巷 Herrngasse	玩具博物館 Puppen-und Spielzeugmuseum	聖雅各大教堂 St. Jakobs Kirche
	帝國城市博物館 Reichsstadtmuseum		刑事博物館 Kriminalmuseum

陶伯河 Tauber

帝國城市博物館
Reichsstadtmuseum

聖雅各大教堂
St.-Jacobs-

市議會飲酒廳
Ratstrinkstube

馬可士塔樓
Markusturm

市政廳
Rathaus

主公巷Herrngasse

市集廣場
Marktplatz

Hafengasse

Rodergasse

羅得門Rodertor

安斯巴赫街Ansbacher Strase

城門
Burgtor

聖方濟各會教堂
Franziskanerkirche

肉店與舞廳
Das Fleisch-und Tanzhaus

聖喬治羅騰噴泉
St. Georgsbrunnen

玩具博物館
Puppen-Museum

赫倫街Schmiedgasse

「聖約翰尼斯教堂」
St. Johannis

陶伯河
Tauber

中世紀刑事博物館
Kriminal-Museum

小普勒恩Plönlein

基博斯鐘樓
Sieberturm

羅騰堡青年旅館
DJH

「觀泉巷」Spitalgasse

「馬蘭坊巷」Rosmühlgasse

Spitaltor

從機場
到旅館

旅行
觀光

料理
飲食

購物
Shopping

數字
時間

文化
生活

介紹
問候

藥品
急救

常用
字詞

附錄

福森 Füssen	聖曼格舊修道院 Ehemaliges Kloster St. Mang	福森市教堂 Stadtpfarrkirche
	福森市博物館 Museum der Stadt Füssen	高地宮殿 Hoher Schloss

新天鵝堡 Schloss Neuschwan- stein	新天鵝堡 Schloss Neuschwanstein		瑪麗恩橋 Marienbrücke
	霍恩使凡高堡 Schloss Hohenschwangau		林德霍夫堡 Schloss Linderhof

● 哲學家小徑
Philosophenweg（康德在此散步

內卡河Neckar

庫爾波法爾茲博物館
das Kurpfalzische Museum

Hauptstrase

巨人之屋
Haus zum Riesen

★羅曼蒂克大道長約350公里，一般人可以選擇搭乘歐洲巴士，早上八點五十一分於法蘭克福出發，晚上七點十五分到達慕尼黑，巴士會在重要的小城市停留，約一天即可走完，不過每個景點可能僅能稍做停留，會有些可惜，因此建議亦可以自行車的方式一遊羅曼蒂克大道。

海德堡 Heidelberg	海德堡宮殿 Heidelberger Schloss	老大學 Alte Universität	學生酒吧 Seppl
	新大學 Neue Universität	女巫塔 Hexenturm	哲學家小徑 Philosophenweg
	巨人之屋 Haus zum Riesen	聖靈教堂 Heiliggeistkirche	騎士大飯店 Hotel zum Ritter
	卡爾‧鐵歐德橋 Karl-Theodor-Brücke	庫爾波法爾茲博物館 Kurpfälzisches Museum	古代大學生禁閉室 Alter Studentenkarzer

從機場到旅館

旅行觀光

料理飲食

購物 Shopping

數字時間

文化生活

介紹問候

藥品急救

常用字詞

附錄

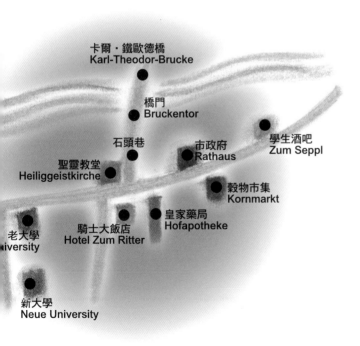

卡爾‧鐵歐德橋
Karl-Theodor-Brucke

橋門
Bruckentor

石頭巷

市政府
Rathaus

學生酒吧
Zum Seppl

聖靈教堂
Heiliggeistkirche

穀物市集
Kornmarkt

老大學
niversity

騎士大飯店
Hotel Zum Ritter

皇家藥局
Hofapotheke

新大學
Neue University

從機場
到旅館

旅行
觀光

料理
飲食

購物
Shopping

數字
時間

文化
生活

介紹
問候

藥品
急救

常用
字詞

附錄

我想去~~
Ich möchte zu/ nach~?

~~在哪裡？
Wo ist ~~?

請問到~~怎麼走？
Wie komme ich zu/ zum/zur~~?

這附近有~~嗎？
Gibt es hier in der Nähe ~~?

 洗手間 → P.34
eine Toilette

 兌幣處 → P.56
einen Schalter zum Geldumtausch

詢問處
eine Touristen-information

警察局
eine Polizei

公車站 → P.34
eine Bushaltestelle

計程車招呼站 → P.36
einen Taxistand

購物中心 → P.49
ein Einkaufszentrum

郵局
eine Post

美術館
ein Kunstmuseum / eine Galerie

走路/坐車要多久？ → P.60-61
Wie lange braucht man zu Fuß / mit dem Bus?

請問這裡是哪裡？
Wo befinde ich mich gerade?

這是什麼路？
Wie heißt diese Straße?

請告訴我現在的位置。
(出示地圖)
Könnten Sie mir bitte zeigen, wo ich hier bin?

一張成人/兒童門票多少錢？
Wieviel kostet eine Eintrittskarte für Erwachsene / für Kinder?

自助旅行

從機場到旅館

旅行觀光

料理飲食

購物 Shopping

數字時間

文化生活

介紹問候

藥品急救

常用字詞

附錄

北方 Norden	東方 Osten
西方 Westen	南方 Süden
前面 vorne	後面 hinten
上面 oben	下面 unten
直走 geradeaus	右轉 nach rechts
左轉 nach links	對面 gegenüber
過馬路 die Straße überqueren	紅綠燈 die Ampel

北 / 西 / 東 / 南

我想坐~~
Ich möchte ~~ nehmen.

電車 → P.34
die Straßenbahn

市區快速火車
die Schnellbahn

計程車 → P.36
ein Taxi

地下鐵 → P.34
die U-Bahn

船
das Schiff

火車 → P.34
den Zug

飛機
das Flugzeug

 巴士 → P.34
den Bus

從機場
到旅館

旅行
觀光

料理
飲食

購物
Shopping

數字
時間

文化
生活

介紹
問候

藥品
急救

常用
字詞

附錄

多少錢？→ P.56
Wieviel kostet es?

到~~的票在哪裡買？
Wo kann man eine Fahrkarte
nach ~~ kaufen?

要花多少時間？→ P.60
Wie lange dauert es?

請問到~~的公車(火車)
要到哪裡搭？
Wo findet man den Bus / den
Zug nach ~~?

下一班車幾點開？→ P.60
Wann fährt der nächste Bus
/ Zug?

請給我~~張票。→ P.56
Ich möchte bitte ~~
Karte(n).

搭乘電車
die Straßenbahn
nehmen

這附近有沒有廁所呢？
Gibt es in der Nähe eine
Toilette?

往~~的車是在哪一號月台？
Auf welchem Gleis fährt die
Straßenbahn nach~~?

廁所在哪裡？
Wo ist die Toilette?

這班電車開往~~嗎？
Fährt diese Straßenbahn
nach ~~?

我可以借用一下廁所嗎？
Darf ich die Toilette
benutzen?

這班電車在~~停車嗎？
Hält diese Straßenbahn
in ~~ ?

從機場
到旅館

旅行
觀光

料理
飲食

購物
Shopping

數字
時間

文化
生活

介紹
問候

藥品
急救

常用
字詞

附錄

車票 die Fahrkarte
公車票 die Busfahrkarte
單程票 die Fahrkarte für eine einfache Fahrt
來回票 die Fahrkarte für hin und zurück

出入口 Ausgang	剪票口 Fahrkartentwerter	換車處 Zentraler Omnibusbahnhof
私營鐵路線 Privatbahn	地鐵 U-Bahn	成人／小孩 Erwachsene / Kinder
喚人按鈕 Rufknopf / Notrufknopf	硬幣 Münze → P.56	回數券 Mehrfahrkarte
一日乘車券 Tageskarte	週末票 Wochenendkarte	家庭票 Familienkarte

★ 市區的車票分為單區、越區、單張、連票、團體票、24小時或是週末有效票，在選擇購票時不妨先想好哪種票對自己較划算。如果被查到逃票，其罰款金額約為原來票價的三十倍。

請叫一輛計程車。
Könnten Sie für mich ein Taxi rufen?

到~~的時候請告訴我。
Bitte sagen Sie mir Bescheid, wenn wir da sind.

我想到這裡(出示地址)。
Ich möchte dorthin fahren.

還沒到嗎？→還沒到/已經過了
Sind wir schon da? Noch nicht. / Wir sind schon zu weit gefahren.

到~要多少錢呢？→ P.56
Wieviel kostet es?

請在這裡等一會兒。
Warten Sie bitte hier einen Moment!

請到~
Fahren Sie bitte nach / zu ~ !

請到這個地址去。（出示地址）
Fahren Sie bitte dorthin, hier ist die Adresse.

計程車的招呼站在哪裡？
Wo ist der Taxistand

請快點！
Bitte schnell!

請往右邊轉。
Bitte biegen Sie rechts ab!

在這裡停車。
Bitte halten Sie hier an!

請一直走。
Bitte fahren Sie immer geradeaus!

下車。
Ich möchte aussteigen.

這裡有沒有市內觀光巴士？
Gibt es einen Bus für
Stadtrundfahrten?

有沒有一天/半天的觀光團？
. Gibt es ein Besichtigungsprogramm
für einen Tag / einen halben Tag?

會去哪些地方玩？
Was möchten Sie
sehen?

大概要花多久時間？ → P.60
Wie lange dauert es
ungefähr?

幾點出發？ → P.60
Wann fahren wir
los?

幾點回來？ → P.60
Wann kommen wir zurück?

從哪裡出發？
Wo fahren wir los?

在~~飯店叮以上車嗎？
Kann man beim Hotel ~~
einsteigen?

乘車券
要在哪裡買呢？
Wo kauft man
die Fahrkarte?

在~~飯店
可以下車嗎？
Kann man beim
Hotel ~~
aussteigen?

可以在這裡
拍照嗎？
Darf man
hier
fotografieren?

可以請你
幫我拍照嗎？
Könnten Sie für
mich ein Foto
machen?

德國全圖

我想去 ＿＿＿＿ Ich möchte zu/nach~~	＿＿＿＿在哪裡？ Wo ist~~?
請問到＿＿＿＿怎麼走？ Wie komme ich zu/ zum/zur~~?	這附近有 ＿＿＿＿嗎？ Gibt es hier in der Nähe ~~?
請告訴我現在的位置。(出示地圖) Könnten Sie mir bitte zeigen, wo ich hier bin?	

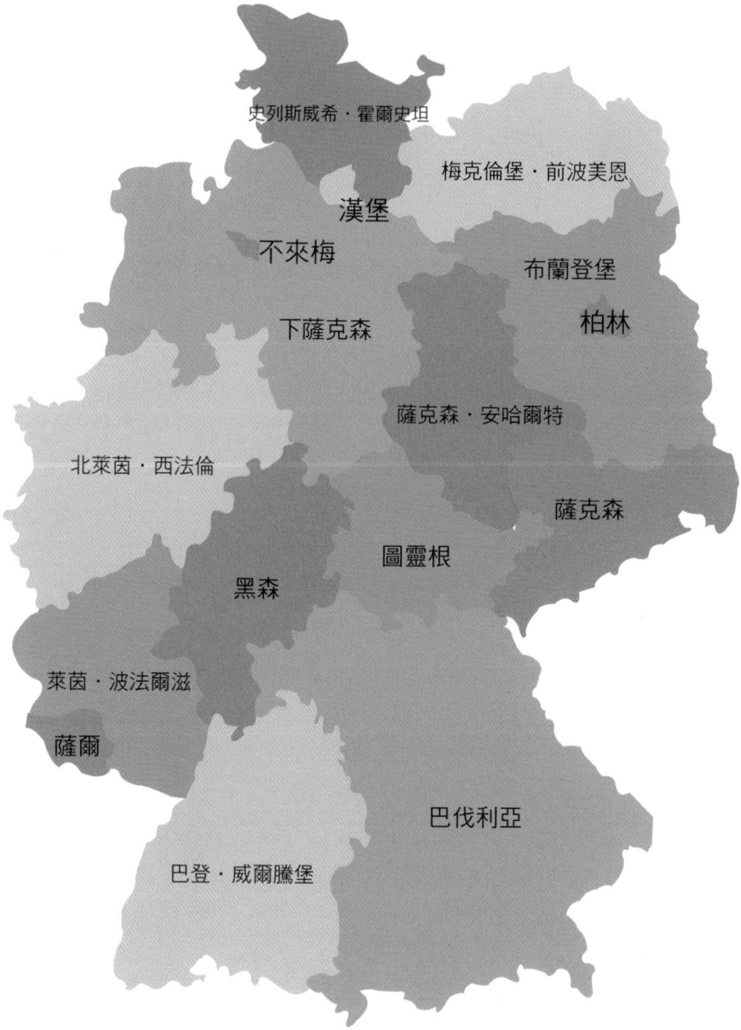

從機場
到旅館

旅行
觀光

料理
飲食

購物
Shopping

數字
時間

文化
生活

介紹
問候

藥品
急救

常用
字詞

附錄

史列斯威希・霍爾史坦

梅克倫堡・前波美恩

漢堡

不來梅

布蘭登堡

下薩克森

柏林

薩克森・安哈爾特

北萊茵・西法倫

薩克森

圖靈根

黑森

萊茵・波法爾滋

薩爾

巴伐利亞

巴登・威爾騰堡

從機場
到旅館

旅行
觀光

料理
飲食

購物
Shopping

數字
時間

文化
生活

介紹
問候

藥品
急救

常用
字詞

附錄

到~~吃東西吧！
Gehen wir in
~~ essen!

餐廳種類

露天咖啡座
ins Café im
Freien

餐廳
ins
Restaurant

啤酒屋 → P.45
in den Biergarten

快餐店
in die
Imbissstube

請給我菜單
Bitte die Speisekarte!

請給我~
Bitte geben Sie mir ~~

請給我和那個相同的菜~
das Gleiche~

請給我~套餐
Ich möchte
ein Menü.

祝您好胃口。
(吃飯前對同桌人說表示禮貌)
Guten Appetit!

買單！
Die Rechnung
bitte!

多少錢？
Wieviel
kostet das?
→ P.56

已經含稅了嗎？
Ist das inklusive
Mehrwertsteuer ?

可以用信用卡付費嗎？
Kann man mit
Kreditkarte
bezahlen?

從機場
到旅館

旅行
觀光

料理
飲食

購物
Shopping

數字
時間

文化
生活

介紹
問候

藥品
急救

常用
字詞

附錄

口味喜好

稍微一點點 ein bisschen	非常 sehr	甜 süß	酸 sauer
鹹 salzig	苦 bitter	辣 scharf	澀 herb
清淡 leicht	油膩 fett	難吃 Das schmeckt nicht gut.	好吃，美味 Das schmeckt gut. Das ist lecker.

餐 具

餐具 das Besteck	刀 das Messer	叉 die Gabel
湯匙 der Löffel	筷子 die Essstäbchen	餐巾 die Serviette

調味料 Gewurz

鹽 Salz	砂糖 Zucker	胡椒 Pfeffer
辣椒 Peperoni	番茄醬 Ketchup	醬汁 Soße / Sauce

★德國餐廳所開立的帳單，都已包括服務費，不過一般的客人還是會給小費，小費的多少通常以湊成整數為主，此時，可說Stimmt so.

從機場
到旅館

旅行
觀光

料理
飲食

購物
Shopping

數字
時間

文化
生活

介紹
問候

藥品
急救

常用
字詞

附錄

你喜歡～嗎？
Essen Sie gern~~?

我喜歡吃～
Ich esse gern~~

食 材

牛肉 Rindfleisch	豬肉 Schweinefleisch	羊肉 Lammfleisch
雞肉 Hühnerfleisch	鵝肉 Gans	鴨肉 Ente
兔肉 Hase	火腿 Schinken	香腸 / 小香腸 Wurst/ Würstchen
沙拉 Salat	鮪魚 Thunfisch	麵類 Nudeln
米飯 Reis	比目魚 Butt	蔬菜 Gemüse

酒燜雞肉 coqve au vin(in Wein geschmortes Huhn)	海鮮 Meeresfrüchte	龍蝦 Languste

鱈魚 Dorsch		烏賊 Tintenfisch
生蠔 Auster	梭子魚 Pfeilhecht	

冷 kalt	熱 warm

料理方式

煎 braten (in wenig Öl braten)	炸 frittieren	炒 braten	爆 schnell braten	蒸 dämpfen
烤（肉） grillen	煮 kochen	燴 schmoren	燉 langsam kochen	燒 kochen, schmoren
	脆 knackig			
高湯 Brühe	湯 Suppe	涮 dünn geschnittenes Fleisch in siedend heißem Wasser garen lassen		羹 dicke Suppe

43

你想吃什麼菜？
Was möchten Sie
essen? Worauf haben
Sie Appetit?

我想吃 ——
Ich hätte gern

早餐 Frühstück	午餐 Mittagessen	晚餐 Abendessen

中華料理 chinesisches Essen	德國菜 deutsches Essen	美式餐廳 amerikanisches Essen	歐式餐廳 europäisches Essen
當地食物 einheimisches Essen	開胃菜 ein Appetithäppchen	前菜 eine Vorspeise	湯 eine Suppe
主菜 ein Hauptgericht	配菜 eine Beilage	甜點 einen Nachtisch	佐餐酒 Tafelwein

麵包, Brot

小麥麵包 Weizenbrot	白麵包 Weißbrot	黑麵包 Schwarzbrot	混合黑麥麵包 Roggenmischbrot
全麥麵包 Vollkornbrot	三種穀類麵包 Dreikornbrot	鄉村麵包 Landbrot	法國長條麵包 Baguette
小麵包 Brötchen	罌粟小麵包 Mohnbrötchen	脆餅 Knäckebrot	吐司 Toast

蛋糕 Kuchen

聖誕蛋糕	巧克力蛋糕	起司蛋糕	大理石蛋糕 (巧克力色與黃色雙色)
Weihnachtsstollen	Schokoladenkuchen	Käsekuchen	Marmorkuchen
蘋果卷 Apfelstrudel	水果蛋糕 Obstkuchen	薑餅 Lebkuchen	鮮奶油蛋糕 Sahnetorte

酒類

啤酒 Bier	老啤酒 Altbier	柏林白啤酒 Berliner Weiße	科隆啤酒 Kölsch
小麥啤酒 Weizenbier	皮爾斯啤酒 Pils	柏克啤酒 Bockbier	拉格啤酒 Lagerbier
麥汁 Malzbier	葡萄酒 Wein	白酒 Weißwein	紅酒 Rotwein

德國豬腳 ein Eisbein / eine Schweinshaxe	法蘭克福香腸 Frankfurter Würstchen
燒烤式的香腸 Bratwurst	水煮式的香腸 Bockwurst
小香腸 Würstchen	血腸 Blutwurst
肝腸 Leberwurst	維也納香腸 Wiener Würstchen
香腸 Wurst	德國酸菜 Sauerkraut

 奶油
Butter

果醬
Marmelade

 冰淇淋
Eis

糖果
Bonbons

巧克力(連片包裝)
eine Tafel
Schockolade

水　果	
草莓 Erdbeere	水蜜桃，桃子 Pfirsich
蘋果 Apfel	番茄 Tomate
葡萄 Traube	香蕉 Banane
櫻桃 Kirsche	鳳梨 Ananas
杏 Aprikose	哈蜜瓜，香瓜 Honigmelone
橘子 Apfelsine	西瓜 Wassermelone
柳橙 Orange	檸檬 Zitrone
梨子 Birne	葡萄柚 Pampelmuse

從機場到旅館

旅行觀光

料理飲食

購物 Shopping

數字時間

文化生活

介紹問候

藥品急救

常用字詞

附錄

飲　料

紅茶 Schwarzer Tee	鮮奶 Milch	冰咖啡 (冰的咖啡中有冰淇淋) Eiskaffee
咖啡 Kaffee	礦泉水 Mineralwasser	有氣泡的礦泉水 Sprudel
熱開水 heißes Wasser	可口可樂 Cola	蘋果汁 Apfelsaft
檸檬汁 Limonade	柳丁汁 Oragensaft	冰紅茶 Eistee
櫻桃香蕉汁 (下面是黃色的香蕉汁， 上面是紅色的櫻桃汁) Kiba	奶茶 Milchtee	葡萄汁 Traubensaft
	咖啡牛奶 Milchkaffee	可可 Kakao

熱的 warm		冷的 kalt	
大杯 groß	中杯 mittel	小杯 klein	杯(瓷) Tasse
玻璃杯 Glas	壺 Kännchen	紙杯或塑膠杯 Becher	瓶 Flasche

酒鄉名稱

萊茵河 Rhein	巴登 Baden 	萊茵法茨 Rheinpfalz
黑森山路 Hessische Bergstrasse	來茵黑森 Rhein-Hessen	萊茵高 Rheingau
中萊茵區 Mittelrhein	阿爾 Ahr	納爾 Nahe
摩澤-薩爾-如威 Mosel-Saar-Ruwer	法蘭肯 Franken	威爾騰堡 Württemberg

標籤說明

葡萄園名 Weinort und Lage

葡萄品種 Rebsorte

葡萄酒產區 Anbaugebiet

年分 Jahrgang

酒精成分 Alkoholgehalt

Baden
1987er

Bühler
Schloß Rodeck
Riesling — halbtroken

QUALITATSWEIN 11%vol
A.P.Nr 038 91 88

Erzugerabfüllung Affentaler Winergenssenscaft B

口感等級說明
Geschmacksangabe

R

R

MOSEL-SAAR-RUWER
1983er
Dlanner Kirdilay Spadlele
Riesling
QUALITATSWEIN MIT PRADIKAT
Erzugerabfüllung Affentaler Winer

11%vol

Erzugerabfüllung Affentaler Winernny

A.P.Nr 038 91 88   065 35/71 88

官方檢定號碼 Amtliche Prüfnummer

酒的等級 Qualitätsstufe

容量 Füllmenge

葡萄品種 Rebsorte

我想去 ──── Ich möchte zu/nach~~	____ 在哪裡？ Wo ist~~?
請問到____怎麼走？ Wie komme ich zu/ zum/zur~~?	這附近有 ____ 嗎？ Gibt es hier in der Nähe ~~?

請告訴我現在的位置。(出示地圖)
Könnten Sie mir bitte zeigen, wo ich hier bin?

柏林
Berlin

科隆
Köln

法蘭克福
Frankfurt

采爾街
Zeil

褲襠街
Kurfürstendamm

慕尼黑
München

維克圖阿連市場
Viktualienmarkt

阿爾特連拱門
Alsterarkaden

瓦爾拉夫廣場
Wallrafplatz

漢堡
Hamburg

我要買 ___
Ich möchte ~~
kaufen.

請給我看這個/那個~。
Darf ich mir
dieses/jenes/~~
anschauen.

有沒有~~大/小一點的？
Gibt es etwas ~~
größeres/kleineres？

我想去購物
Ich möchte einkaufen
gehen.

不買，謝謝。
Nein, danke.

這附近有沒有~~？
Gibt es in der
Nähe ~~?

~~在哪裡呢？
Wo ist~~?

唱片行
das
Musikfach-
geschäft

書店
die Buchhandlung

超市 → P.66
der Supermarkt

書報攤
der Kiosk

水果店 → P.46
das Obstgeschäft

鞋店
das Schuhgeschäft

香水化妝品店
die Parfümerie

花店
das Blumengeschäft

理髮店
der Friseursalon

→ P.52 服裝店 das
Bekleidungsgeschäft

★ 一般商店的營業時間為AM9:00~PM6:00，市中心的大商店則可能會到PM6:30，星期四則大商店有可能開
到PM8:30；週末則為AM9:00~PM1:00；市中心有可能到PM2:00；在小城市或偏遠的地區，星期三下午
通常不營業。

請拿～～的給我看。
Bitte geben Sie mir das in ～～.

可以用信用卡結帳嗎？
Kann ich mit Keditkarte bezahlen?

總共多少錢？ → P.56
Wieviel kostet das?

有沒有因商品瑕疵的折扣？
Gibt es einen Rabatt？

有沒有折扣？
Gibt es eine Ermäßigung？

可以退稅嗎？
Bekommt man die Steuer zurückbezahlt?

洗衣店
die Reinigung

電器行
das Elektrowaren-geschäft
→ P.54

醫院
das Krankenhaus
→ P.78

麵包店
die Bäckerei
→ P.44

玩具店
das Spielzeug-geschäft

肉鋪 → P.42、45
die Metzgerei

百貨公司 → P.49
das Warenhaus

文具店 → P.54
der Schreibwarenladen

點心店 → P.45
die Konditorei

運動用品店 das Sportwarengeschäft

電話亭 → P.63
die Telefonzelle

藥房 → P.78
die Apotheke

銀行 → P.56
die Bank

旅行社 → P.10
das Reisebüro

51

從機場
到旅館

旅行
觀光

料理
飲食

購物
Shopping

數字
時間

文化
生活

介紹
問候

藥品
急救

常用
字詞

附錄

請給我~
Ich hätte gern ~~

有~嗎? Gibt es~~?	我要這個 Ich nehme das.	好看 Das sieht gut aus.
多少錢　Wieviel kostet es?→ P.56		
可以試穿嗎? →可以/不可以 ? Darf ich ~~anprobieren? Ja, Sie dürfen. / Nein, das kann man nicht anprobieren.		不好看 Das sieht nicht gut aus.
		我不太喜歡 Das gefällt mir nicht so gut.

衣　服

大衣 der Mantel	上衣 das Oberteil	西裝上衣 das Jackett
褲子 die Hose	領帶 die Krawatte	襯衫 das Hemd (男) die Bluse(女)
圍裙 die Schürze	裙子 der Rock	女褲 die Damenhose
連身裙 das Kleid	套裝 das Kostüm	毛衣 der Pullover

T恤 das T-Shirt	polo衫 das Polohemd	牛仔褲 die Jeans
皮衣 die Lederjacke	內衣 die Unterwäsche	泳衣 der Badeanzug

配件

手套 die Handschuhe	帽子 der Hut	襪子 die Socken	絲襪 die Strumpfhose
鞋子 die Schuhe	手帕 das Taschentuch	圍巾 das Halstuch	皮帶 der Gürtel	香水 das Parfüm

SIZA

大	größeres
小	kleineres
長	längeres
短	kürzeres
厚	dickeres
薄	dünneres
新	neueres

顏色

	黑色 schwarz		綠色 grün
	藍色 blau		橘色 orange
	白色 weiß		灰色 grau
	紅色 rot		紫色 lila
	黃色 gelb		粉紅色 pink
		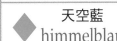	天空藍 himmelblau

★德國所有展示擺放的貨物都必須標明歐元計價的價格，而且一定內含貨物加值稅。

從機場到旅館

旅行觀光

料理飲食

購物 Shopping

數字時間

文化生活

介紹問候

藥品急救

常用字詞

附錄

從機場
到旅館

旅行
觀光

料理
飲食

購物
Shopping

數字
時間

文化
生活

介紹
問候

藥品
急救

常用
字詞

附錄

歡迎光臨
Willkommen

哪裡有賣~
Wo kann man ~~
kaufen?

____ 有嗎?
Gibt es ~~?

電器日用品 das elektrische Gerat

數位相機
der Digital-
Fotoapparat

音響
die
Stereoanlage

手機
das
Handy

電視
der
Fernseh-
apparat

電話
das
Telefon

刮鬍刀
der
Rasierapparat

隨身聽
der
Walkman

CD隨身聽
der CD-
Spieler

相機
der
Fotoapparat

錄影機
der
Videorekorder

電腦
der
Computer

時鐘
die
Uhr

手錶
die
Armbanduhr

★在德國沒有人會討價還價,不過有些親切的商家,會在顧客付現金時,主動扣減3%,或是詢問需不需要開立免稅單。

可以試試看嗎?
Darf man es probieren?

有打折嗎?
Gibt es eine Ermäßigung?

8折 20% Ermäßigung	要／不要 Das nehme ich ／nicht.	貴／便宜 billig／teuer
買一送一 zwei für den Preis von einem	賣完了 ausverkauft	退貨 zurückgeben
收銀台 die Kasse	說明書 die Gebrauchs-anweisung	保證書 die Garantie

禮品文具

包裝紙 das Geschenkpapier		信封 der Briefumschlag		原子筆 der Kugelschreiber
筆記本 das Heft	明信片 die Postkarte	便利貼 Post-it		記事簿 das Notizbuch

常用問句 Frageworter

誰？ Wer ?	哪裡？ Wo ?
什麼？ Was ?	為什麼？ Warum ?

0 null	1 eins	2 zwei	3 drei	4 vier
5 fünf	6 sechs	7 sieben	8 acht	9 neun
10 zehn	11 elf	12 zwölf	13 dreizehn	14 vierzehn
15 fünfzehn	16 sechzehn	17 siebzehn	18 achtzehn	19 neunzehn
20 zwanzig	21 einundzwanzig (1+20)	22 zweiundzwanzig (2+20)	23 dreiundzwanzig (3+20)	24 vierundzwanzig (4+20)
30 dreißig	40 vierzig	50 fünfzig	60 sechzig	70 siebzig
80 achtzig	90 neunzig	100 hundert	200 zweihundert	300 dreihundert

貨幣 Währung	馬克 Mark	芬尼 Pfennig	歐元 Euro	現金 Bargeld
信用卡 Kreditkarte	旅行支票 Reisescheck	美金 US Dollar	台幣 NT-Dollar	個 Stück

從機場
到旅館

旅行
觀光

料理
飲食

購物
Shopping

數字
時間

文化
生活

介紹
問候

藥品
急救

常用
字詞

附錄

幾點鐘？ Wie spät ist es？	哪個？ Welche？ 	我在找 ___ Ich suche ~~
多少錢？ Wieviel kostet es？	有 ___ 嗎？ Gibt es ~~ ？	問誰好呢？ Wen kann man am besten fragen?

400 vierhundert	500 fünfhundert	600 sechshundert
700 siebenhundert	800 achthundert	900 neunhundert
1000 tausend	2000 zweitausend	3000 dreitausend
4000 viertausend	5000 fünftausend	6000 sechstausend
7000 siebentausend	8000 achttausend	9000 neuntausend
10000 zehntausend	100000 hunderttausend	1000000 eine Million
10000000 zehn Millionen	100000000 hundert Millionen	1000000000 eine Milliarde

號 Größe	杯 Tasse	位 Person	件 Stück	包 Packung
公里 Kilometer	公尺 Meter	公分 Zentimeter	公斤 Kilo	公克 Gramm

從機場
到旅館

旅行
觀光

料理
飲食

購物
Shopping

數字
時間

文化
生活

介紹
問候

藥品
急救

常用
字詞

附錄

幾月幾日？
Welches Datum ist
heute ?

一月 Januar	二月 Februar	三月 März	四月 April
五月 Mai	六月 Juni	七月 Juli	八月 August
九月 September	十月 Oktober	十一月 November	十二月 Dezember

日期 Datum	1 der erste	2 der zweite	3 der dritte
4 der vierte	5 der fünfte	6 der sechste	7 der siebte
8 der achte	9 der neunte	10 der zehnte	11 der elfte
12 der zwölfte	13 der dreizehnte	14 der vierzehnte	15 der fünfzehnte
16 der sechzehnte	17 der siebzehnte	18 der achtzehnte	19 der neunzehnte
20 der zwanzigste	21 der einundzwanzigste	22 der zweiundzwanzigste	23 der dreiundzwanzigste
24 der vierundzwanzigste	25 der fünfundzwanzigste	26 der sechsundzwanzigste	27 der siebenundzwanzigste
28 der achtundzwanzigste	29 der neunundzwanzigste	30 der dreißigste	31 der einunddreißigste

★德國的大城市平均氣溫為一月1~3度；二月3~5度；三月8~11度；四月13~16度；五月18~20度；六月21~23度；七月23~25度；八月23~24度；九月19~20度；十月13~14度；十一月7~8度；十二月為2~4度。

星期幾？
Welchen Tag haben wir heute?

星期一 der Montag	星期二 der Dienstag	星期三 der Mittwoch
星期四 der Donnerstag	星期五 der Freitag	星期六 der Samstag/Sonn- abend
星期日 der Sonntag	週末 das Wochenende	

春 der Frühling	夏 der Sommer	秋 der Herbst	冬 der Winter	氣候 das Klima
熱 warm	涼爽 kühl	舒服 angenehm	冷 kalt	溫暖 warm

七月 慕尼黑歌劇文藝節 Münchner Opern-Festspiele	五月 柏林戲劇會 Theatertreffen Berlin	音樂會 das Konzert
二月 柏林影展 Internationale Filmfestspiele Berlin	十月 法蘭克福國際書展 Frankfurter Buchmesse	

時間的說法

前天 vorgestern	昨天 gestern	今天 heute

明天 morgen	後天 übermorgen	上星期 letzte Woche

前年 vorletztes Jahr	去年 letztes Jahr

幾點鐘出發？
Wann fahren wir ab?

幾點鐘到達？
Wann kommen wir an?

要花多久時間？
Wie lange dauert es?

請在~~點叫我起床。
Bitte wecken Sie mich um ~~ Uhr auf.

回頭吧！
Gehen wir zurück!

沒時間！
Ich habe keine Zeit!

趕時間！
Ich muss schnell machen!

快點！
Bitte beeilen Sie sich!

早上 morgens	上午 vormittags	中午 mittags
下午 nachmittags	晚上 abends	夜裡 nachts

  ★夏令時間(自三月的最後一個星期日到九月的最後一個星期日)與台灣的時差為台北時間減六個小時，其餘月份則為七個小時。

| 這星期
diese Woche | 下星期
nächste Woche | 下下星期
übernächste Woche |

| 上個月
letzte Woche | 這個月
diesen Monat | 下個月
nächsten Monat |

| 今年
dieses Jahr | 明年
nächstes Jahr | 後年
übernächstes Jahr |

現在幾點鐘？
Wie spät ist es?

12 zwölf Uhr
11 elf Uhr
1 ein Uhr
10 zehn Uhr
2 zwei Uhr
9 neun Uhr
3 drei Uhr
8 acht Uhr
4 vier Uhr
7 sieben Uhr
5 fünf Uhr
6 sechs Uhr

30分
ein Uhr dreißig/
halb zwei

一點10分
ein Uhr zehn/
zehn nach eins

40分
ein Uhr vierzig/
zwanzig vor zwei

20分
ein Uhr zwanzig/
zwanzig nach eins

50分
ein Uhr fünfzig/
zehn vor zwei

15分
ein Uhr fünfzehn/
viertel nach eins

從機場
到旅館

旅行
觀光

料理
飲食

購物
Shopping

數字
時間

文化
生活

介紹
問候

藥品
急救

常用
字詞

附錄

哈囉
Hallo

你好！ Guten Tag!	何時見面? Wann sehen wir uns wieder? → P.58、61
好久不見！ lange nicht mehr gesehen	我能去。 Ich kann kommen.
每件事都好嗎? Alles klar? / Alles in Ordnung?	

要搭什麼時候的巴士? Wann nehmen wir den Bus? / Welchen Bus nehmen wir?	要坐什麼時候的電車? Wann nehmen wir die Straßenbahn? / Welche Straßenbahn nehmen wir?	什麼時候到達? Wann kommen wir an?
要花多久時間? → P60 Wie lange dauert es?	幾個小時? Wieviel Stunden?	多少分鐘? Wieviel Minuten?
我很抱歉。 Es tut mir leid.	我沒辦法答應! Ich kann nicht zusagen.	時間 Zeit
我太忙了,沒辦法答應。 Ich habe keine Zeit, ich kann nichts versprechen.	我迷路了。 Ich habe mich verlaufen.	地點 Ort _____ _____

我們要約在哪裡? Wo treffen wir uns?	請來找我一起去! Holen Sie mich bitte ab!	
我不能去。 Ich kann nicht kommem.	我想和你一起去! Ich möchte mitkommen.	
我會再打你。 Ich werde Sie wieder anrufen.	請打電話給我。 Rufen Sie mich bitte an!	

從機場
到旅館

旅行
觀光

料理
飲食

購物
Shopping

數字
時間

文化
生活

介紹
問候

藥品
急救

常用
字詞

附錄

我弄丟了你的電話號碼。 Ich habe Ihre Telefonnummer verloren.
告訴我你的行動電話號碼！ Sagen Sie mir bitte Ihre Handynummer!
國際電話怎麼打? Wie kann man ins Ausland telefonieren?

★ 德國打電話到台灣，要撥00-886-(區域碼)-(電話號碼)；如果是從台灣打到德國則為002-49-(區域碼)-(電話號碼)。

我找不到地方。
Ich habe den Ort nicht gefunden.

我需要幫忙。
Ich brauche Hilfe.

我現在在哪裡?
Wo bin ich jetzt?

原諒我
Verzeihen Sie. / Verzeihung.

我遲到了。
Ich habe mich verspätet.

我們何時見面? Wann können wir uns wiedersehen?	你的行程如何? Wie sieht Ihr Programm aus?
請寫下來! Schreiben Sie es bitte hier auf! 	星期幾? Welchen Tag haben wir heute?

幾月幾日? Welches Datum ist heute?	幾點? Um wieviel Uhr? 	在哪裡? Wo?

工作日 der Werktag	休假 der Urlaub	週末 das Wochenende	假日 der Feiertag	生日 der Geburtstag

十二生肖 der Tierkreis	屬什麼生肖? Was ist Ihr Tierkreiszeichen?	你幾歲? Wie alt sind Sie?

鼠 Ratte	牛 Kuh	虎 Tiger	兔 Hase
龍 Drachen	蛇 Schlange	馬 Pferd	羊 Schaf
猴 Affe	雞 Huhn	狗 Hund	豬 Schwein

大型電器商場

MEDIAMARKT
媒電賣場

PROMARKT
普洛賣場

VOBIS
福比斯

日用品店

DM De-M

DOUGLAS
道格拉斯 (香水與化妝品專賣店)

DROSPA
普洛SPA

IHRPLATZ
伊爾波拉茲 / 屬於您的地方

MUELLER
穆樂 / 磨坊主人

IDEA
衣蝶亞 / 好點子

百貨公司

HERTIE
赫帝

KAUFHOF
考福霍福

KARSTADT
卡爾史塔特 / 凱爾城

WOOLWORTF
沃爾沃特

從機場
到旅館

旅行
觀光

料理
飲食

購物
Shopping

數字
時間

文化
生活

介紹
問候

藥品
急救

常用
字詞

附錄

衣店鞋店

C&A C and A

JP JP

NEW YORKER
紐約客

PIMKIE
娉敏客

WOEHRL
沃赫爾

生鮮食品(超市)

ALDI
阿迪 (全國連鎖廉價超市)

REWE
瑞弗

EDEKA
埃德卡

MINIMAL
迷你瑪爾

GROSSO
葛若索

LIDL
麗得 (連鎖廉價超市，南德較多)

NORMA
諾爾瑪

PENNY MARKT
波尼超市

PLUS
普路斯 (與阿迪不相上下，商品的品牌不同)

從機場到旅館

旅行觀光

料理飲食

購物 Shopping

數字時間

文化生活

介紹問候

藥品急救

常用字詞

附錄

你喜歡 ___ 嗎？→喜歡/不喜歡	你知道 ___ 嗎？→知道/不知道
~~ Sie gern?	Kennen Sie ~~?

休閒娛樂

旅行 Reisen	聽音樂 Hören Sie gern Musik	跳舞 Tanzen

運動

游泳 Schwimmen	登山 Mögen Sie Bergsteigen	網球 Spielen Sie gern Tennis
	健行 Wandern Sie gern	棒球 Spielen Sie gern Baseball

名人

施洛得 (現任總理) Gerhard Schröder	柯爾 (前任總理) Helmut Kohl	費雪 (外交部長，綠黨) Joschka Fischer
霍斯特·克勒 (現任總統) Horst Köehler	舒馬克，綽號舒米Schumi (世界賽車選手) Michael Schumacher	貝克 (網球明星) Boris Becker
葛拉芙 (網球明星) Steffi Graf	烏爾利奇 (自行車選手) Jan Ullrich	坎恩 (足球守門員，國家代表隊) Oliver Kahn

從機場
到旅館

旅行
觀光

料理
飲食

購物
Shopping

數字
時間

文化
生活

介紹
問候

藥品
急救

常用
字詞

附錄

我喜歡 ____ Ich mag ~~ / ~~ gefällt mir.	____ 受歡迎嗎？ Ist~~beliebt?

看電影 Sehen Sie gern Filme	做菜 Kochen	畫畫 Malen	唱歌 Singen

名人

托馬斯・葛特夏克 (電視娛樂性節目主持人) Thomas Gottschalk	哈樂特・史密特 (電視娛樂性節目主持人) Harald Schmidt	君特・耀赫 (電視娛樂性節目主持人) Günter Jauch
薩賓娜・克利斯提安森 (知名女主播) Sabine Christiansen	妮娜・若格 (知名女主播) Nina Ruge	克勞蒂雅・薛弗 (名模) Claudia Schiffer
卡爾・拉格斐 (服裝設計師) Karl Lagerfeld	吉爾・桑德 (服裝設計師) Jil Sander	海蒂・克魯姆 (名模) Heidi Klumm
沃夫剛・佑普 (服裝設計師) Wolfgang Joop	君特・葛拉斯 (2000諾貝爾文學獎得主) Günter Grass	維若娜・費德布許 (電視與廣告明星，性感著稱) Verona Feldbusch

你喜歡 ___ 嗎？→喜歡 / 不喜歡 ~~ Sie gern?	你知道 ___ 嗎？→知道 / 不知道 Kennen Sie ~~?

文化藝術

格子屋 das Fachwerkhaus	歌德式建築 die gotische Baukunst	兩德統一 die deutsche Wieder- vereinigung
柏林圍牆 die Berliner Mauer	十月啤酒節 das Oktoberfest	咕咕鐘 die Kuckucksuhr
警探單元劇 （類似天眼） Tatort	菩提街週日單元劇 （已演了十幾年） Lindenstraβe	品酒會 die Weinprobe
前任總理柯爾 政治獻金醜聞案 CDU- Spendenaffäre	狂牛病 BSE／ Rinderwahn	博肯健康鞋 Birkenstock
水果茶 Früchtetee		

從機場
到旅館

旅行
觀光

料理
飲食

購物
Shopping

數字
時間

文化
生活

介紹
問候

藥品
急救

常用
字詞

附錄

我喜歡 ＿＿ Ich mag ~~ / ~~ gefallt mir.	＿＿ 受歡迎嗎？ Ist~~beliebt?

藝　術

馬內 Manet	莫內 Monet	竇加 Degas
塞尚 Cezanne	史都克 Stuck	克林姆特 Klimt
康丁斯基 Kandinsky	孟克 Munch	夏卡爾 Chagall
克里 Klee	野獸派 Fauvismus	德國表現主義 Deutscher Expressionismus
立體派 Kubismus	藍騎士 Blauer Reiter	超現實主義 Surrealismus

從機場
到旅館

旅行
觀光

料理
飲食

購物
Shopping

數字
時間

文化
生活

介紹
問候

藥品
急救

常用
字詞

附錄

我叫 ——
Ich heiße ——

請問你貴姓大名?
Wie heißen Sie?

你去過台灣嗎?
Sind Sie schon mal in
Taiwan gewesen?

我是台灣人。
Ich komme aus
Taiwan.

COFFEE

祖父/外公	祖母/外婆	父親	母親
der Großvater	die Großmutter	der Vater	die Mutter
小孩	兒子	女兒	丈夫
das Kind	der Sohn	die Tochter	der Ehemann
妻子	兄弟姊妹	兄弟	姊妹
die Ehefrau	die Geschwister	der Bruder	die Schwester
表堂兄弟	表堂姊妹	叔伯舅	姨嬸
der Cousin	die Cousine	der Onkel	die Tante

我的職業是～
Ich bin ～～ von Beruf.

老師 / Lehrer / Lehrerin	家庭主婦 / 家庭主夫 Hausfrau Hausmann	作家 Schriftsteller / Schriftstellerin
學生 Student / Studentin	律師 Anwalt / Anwältin	醫生 Arzt / Ärztin
公務員 Beamter / Beamtin	銀行職員 Bankangestellter / Bankangestellte	記者 Journalist / Journalistin
公司老闆 Geschäftsinhaber / Geschäftsinhaberin (Ich bin selbstständig)	秘書 Sekretär / Sekretärin	沒有工作 Ich habe keine Arbeit (Ich bin arbeitslos).

從機場到旅館

旅行觀光

料理飲食

購物 Shopping

數字時間

文化生活

介紹問候

藥品急救

常用字詞

附錄

我的嗜好是 ＿＿＿
Mein Hobby ist ＿＿＿

網球 Tennis spielen	棒球 Baseball spielen	旅行 Reisen
看電影 Filme sehen	游泳 Schwimmen	登山 Bergsteigen
聽音樂 Musik hören		
唱歌 Singen	畫畫 Malen	跳舞 Tanzen
做菜 Kochen		健行 Wandern

我的星座是 _____
Mein Sternzeichen ist _____

 牡羊座3/21～4/20
Widder

 天秤座9/24～10/23
Waage

 金牛座4/21～5/21
Stier

 天蠍座10/24～11/22
Skorpion

 雙子座5/22～6/21
Zwillinge

 射手座11/23～12/21
Schütze

 巨蟹座6-22～7/22
Krebs

 山羊座12/22～1/20
Steinbock

 獅子座7/23～8/23
Löwe

 水瓶座1/21～2/18
Wassermann

 處女座8/24～9/23
Jungfrau

 雙魚座2/19～3/20
Fische

從機場到旅館

旅行觀光

料理飲食

購物 Shopping

數字時間

文化生活

介紹問候

藥品急救

常用字詞

附錄

從機場
到旅館

旅行
觀光

料理
飲食

購物
Shopping

數字
時間

文化
生活

介紹
問候

藥品
急救

常用
字詞

附錄

有 haben	是 sein	不是 nicht sein
這位 diese Person	那位 jene Person	我 ich
你 du	他 er	她 sie
它 es	我們 wir	你們 ihr
他們／她們 sie	您 Sie	愛上 sich in ··· verlieben
相愛 sich lieben	談戀愛 verliebt sein	結婚 heiraten
離婚 geschieden	婚外情 außereheliche Beziehung / Affäre	分手 trennen

從機場
到旅館

旅行
觀光

料理
飲食

購物
Shopping

數字
時間

文化
生活

介紹
問候

藥品
急救

常用
字詞

附錄

約會 sich verabreden	吵架 sich streiten	很要好 eng befreundet
談得來 sich gut verstehen	同居 zusammen-wohnen	情婦 die Geliebte / Liebhaberin
男朋友 der Freund	女朋友 die Freundin	
情夫 der Geliebter / Liebhaber	朋友 Freunde	鄰居 der Nachbar
生活伴侶 der Lebensgefährte (男性) / die Lebensgefährtin (女性)	好朋友 ein guter Freund (男性) / eine gute Freundin (女性)	室友 der Mitbewohner (男性) / die Mitbewohnerin (女性)
在城市 in der Stadt	附近 in der Nähe	在鄉下 auf dem Land

從機場
到旅館

旅行
觀光

料理
飲食

購物
Shopping

數字
時間

文化
生活

介紹
問候

藥品
急救

常用
字詞

附錄

請問附近有醫院嗎？
Gibt es hier in der Nähe
ein Krankenhaus?

請帶我去醫院。
Bitte bringen Sie mich
ins Krankenhaus!

請叫救護車。
Ich habe schon den
Krankenwagen gerufen.

請幫我買~~藥
Könnten Sie mir bitte ~~
kaufen.

已經吃藥了嗎？→吃了/還沒
Haben Sie das Medikament schon genommen? Ja, ich
habe es schon genommen / Nein, noch nicht.

不舒服 Ich fühle mich nicht wohl.	全身無力 Ich fühle mich schwach.	想吐 Ich verspüre Brechreiz.
沒有食慾 Ich habe keinen Appetit.	喉嚨痛 Ich habe Halsschmerzen.	咳嗽 Ich habe Husten.
拉肚子 Ich habe Durchfall	發燒 Ich habe Fieber.	流鼻水 Ich habe Schnupfen.
牙痛 Ich habe Zahnschmerzen.	頭痛 Ich habe Kopfschmerzen.	骨折 Knochenbruch

發麻 gelähmt / taub / eingeschlafen	扭傷 verrenken / verstauchen

頭
der Kopf

頭髮
das Haar

眉毛
die Augenbrauen

耳朵
das Ohr

手指
der Finger

牙齒
der Zahn / die Zähne

舌頭
die Zunge

肩膀
die Schulter

胸
die Brust

乳房
die Brüste

肚子
der Bauch

肚臍
der Nabel

膝蓋
das Knie

肌肉
der Muskel

皮膚
die Haut

指甲
der Finger

骨頭
der Knochen

眼睛
das Auge

鼻子
die Nase

嘴巴
der Mund

脖子
der Hals

手臂
der Arm

背
der Rücken

手肘
der Ellbogen

手
die Hand

屁股
der Po

肛門
der After

生殖器
das Geschlechtsorgan

大腿
der Oberschenkel

小腿
der Unterschenkel

腳
der Fuß

腳底
die Fußsohle

腳趾
die Zehe

從機場
到旅館

旅行
觀光

料理
飲食

購物
Shopping

數字
時間

文化
生活

介紹
問候

藥品
急救

常用
字詞

附錄

從機場
到旅館

旅行
觀光

料理
飲食

購物
Shopping

數字
時間

文化
生活

介紹
問候

藥品
急救

常用
字詞

附錄

一天吃～次
… mal pro Tag

我的血型
是＿型
Meine
Blutgruppe
ist…

每日　每天 jeden Tag	隔一天 jeden zweiten Tag
每天二次 zwei mal pro Tag	每天三次 drei mal pro Tag
每天四次 vier mal pro Tag	飯前 vor dem Essen
外用 zum äußerlichen Gebrauch	飯後 nach dem Essen
就寢前 vor dem Schlafengehen 	

A
A

B
B

O
null

AB
AB

有會講中文的醫生嗎？
Gibt es einen Arzt, der chinesisch sprechen kann?

多長時間能治好？
Wie lange dauert es, bis die Krankheit geheilt ist?

這個藥會不會引起副作用？
Hat das Medikament eine Nebenwirkung?

可以使用海外保險嗎？
Ist meine Auslandskrankenversicherung bei Ihnen gültig?

請給我診斷書。
Geben Sie mir bitte die Diagnose!

請保重。
Passen Sie gut auf sich auf!

頭痛藥
Tabletten gegen Kopfschmerzen / Aspirin

止痛藥
ein schmerzstillendes Mittel / Aspirin

腸胃藥
ein Medikament gegen Magen-Darm-Probleme

維生素C
Vitamin C

安眠藥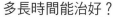
Schlaftablette

 眼藥滴劑
Augentropfen

ＯＫ繃
das Pflaster / der Schnellverband

感冒藥
ein Medikament gegen Erkältung

止瀉藥
ein Medikament gegen Durchfall

阿司匹靈藥片
Aspirin

漱口劑
Mundwasser

體溫計
das Fieberthermometer

鎮靜劑
ein Beruhigungsmittel

81

形容詞

~~是~~ ~~ ist ~~	不太 nicht so sehr
有一點 ein bißchen	非常 sehr
不~~ nicht	很好 sehr gut

不簡單 nicht einfach	了不起 großartig
不錯 gut	厲害 stark
酷！ cool	不擅 nicht gut in ~~sein

討厭 missfallen	很棒 wunderbar	喜歡 mögen

大、小 gross/klein	多、少 viel/wenig
貴、便宜 teuer/billig	重、輕 schwer/leicht
強、弱 stark/schwach	新、舊 neu/alt
容易、困難 einfach/schwierig	好、不好 gut/schlecht
長、短 lang/kurz	遠、近 weit/nah
硬、軟 hart/weich	胖、瘦 dick/dünn
老、年輕 alt/jung	忙碌、空閒 beschäftigt/ unbeschäftigt / viel Freizeit haben

從機場到旅館

旅行觀光

料理飲食

購物 Shopping

數字時間

文化生活

介紹問候

藥品急救

常用字詞

附錄

從機場
到旅館

旅行
觀光

料理
飲食

購物
Shopping

數字
時間

文化
生活

介紹
問候

藥品
急救

常用
字詞

附錄

(天氣，溫度)熱的 warm / heiß	(天氣)冷的 kalt	冷的 kalt
溫暖的 warm	涼的 kühl	涼爽的 angenehm kühl

厚的 dick	薄的 dünn	淡的 dünn / leicht
濃的 dick / stark	寬廣的 breit	狹窄的 schmal
早的 früh	晚的 spät	慢的 langsam
快的 schnell	圓形的 rund	四方形的 viereckig
明亮的 hell	黑暗的 dunkel	強壯的 stark / kräftig
脆弱的 schwach	高的 hoch (若指身高gross)	矮的 niedrig (若指身高 klein)

貴的 teuer	便宜的 billig	深的 tief
淺的 flach	粗的 dick / grob / unfein	細的 dünn / schmal / fein
新的 neu	舊的 alt	大的 gross
小的 klein	簡單的，溫柔的 einfach, zärtlich	困難的 schwierig
有趣的 interessant	無聊的 nicht interessant / langweilig	有名（的） berühmt
熱鬧（的） viel los	安靜（的） still	認真 ernsthaft, fleißig und sorgfältig
有精神，活潑 aktiv, lebhaft	麻煩 umständlich	不麻煩 nicht umständlich
漂亮，美麗 schön, hübsch	熱心，親切 hilfsbereit, freundlich	擅長，拿手 gut in ~~sein

從機場
到旅館

旅行
觀光

料理
飲食

購物
Shopping

數字
時間

文化
生活

介紹
問候

藥品
急救

常用
字詞

附錄

什麼 was	為什麼 warum	哪一個 welcher / welche / welches
什麼時候 wann	誰 wer	在哪裡 wo
怎麼 wie	怎麼辦 was soll man tun	比如說 zum Beispiel

剛才 eben / gerade	現在 jetzt	以後 später

想 wollen / möchten	會 können	可以 dürfen
比較好 besser	不想 nicht wollen / nicht mögen	不會 nicht können
不可以 nicht dürfen		已經~了 schon / bereits
有~過 haben mal ~~	不要~比較好 Es wäre besser, wenn man nicht ~~	不是~ nicht sein

還沒~ noch nicht	沒有 nicht haben	應該嗎 sollen
見面 sich treffen	分開 trennen	問 fragen
回答 antworten	教 lehren	學習 lernen
記得 sich erinnern	忘記 vergessen	進去 eintreten
出去 ausgehen	開始 anfangen / beginnen	結束 beenden
走 gehen	跑 laufen	前進 fortfahren
找 suchen	停止 aufhören / stoppen	住 wohnen
回去 zurückgehen	來 kommen	哭 weinen

從機場到旅館

旅行觀光

料理飲食

購物 Shopping

數字時間

文化生活

介紹問候

藥品急救

常用字詞

附錄

從機場
到旅館

旅行
觀光

料理
飲食

購物
Shopping

數字
時間

文化
生活

介紹
問候

藥品
急救

常用
字詞

附錄

笑 lachen	送 schenken	接受 nehmen
看書 lesen	看 sehen	寫 schreiben
說 sagen / sprechen	聽 hören	了解 verstehen
說明 erklären	知道 wissen	想 denken
小心 aufpassen / vorsichtig sein	睡覺 schlafen	起床 aufstehen
休息 Pause machen	打開 aufmachen / öffnen	關 zumachen / schließen
變成 zu ~~ werden	做 machen	賣 verkaufen
故障 nicht funktionieren / defekt	有 haben	活 leben

站 stehen	坐 sitzen	買 kaufen
壞掉 kaputt	使用 benutzen	工作 arbeiten
喜歡 mögen	討厭 missfallen	考慮 überlegen

從機場
到旅館

旅行
觀光

料理
飲食

購物
Shopping

數字
時間

文化
生活

介紹
問候

藥品
急救

常用
字詞

附錄

memo

通訊錄記錄

我住在＿＿＿＿飯店，地址是＿＿＿＿＿＿
Ich wohne im ＿＿＿＿ Hotel, die Adresse ist ＿＿＿＿＿

請告訴我你的 ＿＿＿＿
Bitte sagen Sie mir ＿＿＿＿

姓名 Ihren Namen	
地址 Ihre Adresse	
電話號碼 Ihre Telefonnummer	
電子郵件地址 Ihre E-Mail Adresse	

請寫在這裡。
Bitte schreiben Sie das hier auf.

我會寄＿＿＿給你
Ich werde Ihnen einen Brief schreiben.
Ich werde Ihnen Fotos schicken. ＿＿＿

信 Brief	照片 Foto

旅行攜帶物品備忘錄

		出發前	旅行中	回國時
重要度 A	護照（要影印）			
	簽證（有的國家不要）			
	飛機票（要影印）			
	現金（零錢也須準備）			
	信用卡			
	旅行支票			
	預防接種證明（有的國家不用）			
重要度 B	交通工具、旅館等的預約券			
	國際駕照（要影印）			
	海外旅行傷害保險證（要影印）			
	相片2張（萬一護照遺失時申請補發之用）			
	換穿衣物（以耐髒、易洗、快乾為主）			
	相機、底片、電池			
	預備錢包（請另外收藏）			
	計算機			
	地圖、時刻表、導遊書			
	辭典、會話書籍			
重要度 C	變壓器			
	筆記用具、筆記本等			
	常備醫藥、生理用品			
	裁縫用具			
	萬能工具刀			
	盥洗用具（洗臉、洗澡用具）			
	吹風機			
	紙袋、釘書機、橡皮筋			
	洗衣粉、晾衣夾			
	雨具			
	太陽眼鏡、帽子			
	隨身聽、小型收音機（可收聽當地資訊）			
	塑膠袋			

91

旅行手指外文會話書

自助旅行・語言學習・旅遊資訊　全都帶著走

中文外語一指通　　不必說話也能出國
這是一本讓你靠手指，就能出國旅行的隨身工具書，
書中擁有超過2000個以上的單字圖解，和超過150句的基本會話內容
帶著這本書就能夠使你輕鬆自助旅行、購物、觀光、住宿、品嚐在地料理！

本書的使用方法

step 1

請先找個看起來和藹可親、面容慈祥的德國人，然後開口向對方說：

對不起！打擾一下。
Entschuldigen Sie die Störung!

step 2

出示下列這一行字請對方過目，並請對方指出下列三個選項，回答是否願意協助「指談」。

這是指談的會話書，如果您方便的話，是否能請您使用本書和我對談？

Das ist ein Unterhaltungsbuch mit Hilfe des Fingerzeigens. Wenn es Ihnen keine Umstände macht, wollen Sie sich durch das Buch mit mir unterhalten?

| 好的！沒問題！
O.K.! Kein Problem. | 抱歉！我沒時間。
Es tut mir leide, ich habe keine Zeit. | 抱歉！我沒興趣。
Es tut mir leid, ich habe keine Lust. |

step 3

如果對方答應的話（也就是指著" O.K.! Kein Problem."的話），請馬上出示下列圖文，並使用本書開始進行對話。若對方拒絕的話，請另外尋找願意協助指談的對象。

非常感謝！現在讓我們開始吧！
Vielen Dank! Lassen uns jetzt beginnen!

① 本書收錄有十個單元三十個主題，並以色塊的方式做出索引列於書之二側；讓使用者能夠依顏色快速找到你想要的單元。

② 每一個單元皆有不同的問句，搭配不同的回答單字，讓使用者與協助者可以用手指的方式溝通與交談，全書約有超過150個會話例句與2000個可供使用的常用單字。

③ 在單字與例句的欄框內，所出現的頁碼為與此單字或是例句相關的單元，可以方便快速查詢使用。

④ 當你看到左側出現的符號與空格時，是為了方便使用者與協助者進行筆談溝通或是做為標註記錄之用。

⑤ 在最下方處，有一註解說明與此單元相關之旅遊資訊，以方便及提供給使用者參考之用。

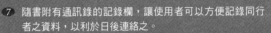

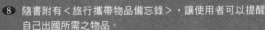

⑥ 在最末尾有一個部分為常用字詞，放置有最常被使用的字詞，讓使用者參考使用之。

⑦ 隨書附有通訊錄的記錄欄，讓使用者可以方便記錄同行者之資料，以利於日後連絡之。

⑧ 隨書附有＜旅行攜帶物品備忘錄＞，讓使用者可以提醒自己出國所需之物品。

國家圖書館出版品預行編目資料

手指德國 / 不勉強工作室著 --初版. --臺北市：商周出版：城邦文化發
行，2002 [民91]
　　面；　　　公分. --（旅行手指外文會話書）

ISBN 957-469-930-7（平裝）

1. 觀光德語 – 會話

805.288　　　　　　　　　　　　　　　　　　　　　　91000383

手指德國

作　　　　者／不勉強工作室
總　編　輯／林宏濤
責 任 編 輯／黃淑貞、陳玳妮

發　行　人／何飛鵬
法 律 顧 問／中天國際法律事務所周奇杉律師
出　　　版／城邦文化事業股份有限公司　商周出版
　　　　　　104台北市民生東路二段141號9樓
　　　　　　電話：(02) 25007008　傳眞：(02) 25007759
　　　　　　e-mail:bwp.service@cite.com.tw
發　　　行／英屬蓋曼群島商家庭傳媒股份有限公司城邦分公司
聯 絡 地 址／104台北市民生東路二段141號2樓
　　　　　　讀者服務專線：0800-020-299
　　　　　　24小時傳眞服務：02-2517-0999
　　　　　　劃撥：1896600-4
　　　　　　戶名：英屬蓋曼群島商家庭傳媒股份有限公司城邦分公司
　　　　　　讀者服務信箱E-mail：cs@cite.com.tw
香 港 發 行 所／城邦（香港）出版集團有限公司
　　　　　　香港灣仔駱克道193號東超商業中心1樓
　　　　　　E-mail：Ghkcite@biznetvigator.com
　　　　　　電話：(852) 25086231　傳眞：(852) 25789337
馬 新 發 行 所／城邦(馬新)出版集團 Cite (M) Sdn. Bhd. (458372 U)
　　　　　　41, Jalan Radin Anum, Bandar Baru Sri Petaling,
　　　　　　57000 Kuala Lumpur, Malaysia. email：cite@cite.com.my
　　　　　　電話：(603) 90578822　傳眞：(603) 90576622

封 面 設 計／斐類設計
內 文 設 計／概念設計　簡銳旺
打 字 排 版／極翔企業有限公司
印　　　刷／韋懋印刷事業股份有限公司
總　經　銷／高見文化行銷股份有限公司
　　　　　　電話：(02)2668-9005 傳眞：(02)2668-9790 客服專線：0800-055-365

□ 2002年1月30日初版
□ 2014年9月01日二版11刷
售價／149元

請沿虛線對摺，謝謝！

書號：BX8003X	書名：手指德國	編碼：

 **讀者回函卡**

感謝您購買我們出版的書籍！請費心填寫此回函卡，我們將不定期寄上城邦集團最新的出版訊息。

不定期好禮相贈！
立即加入：商周出版
Facebook 粉絲團

姓名：＿＿＿＿＿＿＿＿＿＿＿＿＿＿＿ 性別：□男 □女

生日：西元＿＿＿＿＿年＿＿＿＿月＿＿＿＿日

地址：＿＿＿＿＿＿＿＿＿＿＿＿＿＿＿

聯絡電話：＿＿＿＿＿＿＿ 傳真：＿＿＿＿＿＿＿

E-mail：

學歷：□ 1. 小學 □ 2. 國中 □ 3. 高中 □ 4. 大學 □ 5. 研究所以上

職業：□ 1. 學生 □ 2. 軍公教 □ 3. 服務 □ 4. 金融 □ 5. 製造 □ 6. 資訊

□ 7. 傳播 □ 8. 自由業 □ 9. 農漁牧 □ 10. 家管 □ 11. 退休

□ 12. 其他＿＿＿＿＿＿＿＿＿＿

您從何種方式得知本書消息？

□ 1. 書店 □ 2. 網路 □ 3. 報紙 □ 4. 雜誌 □ 5. 廣播 □ 6. 電視

□ 7. 親友推薦 □ 8. 其他＿＿＿＿＿＿

您通常以何種方式購書？

□ 1. 書店 □ 2. 網路 □ 3. 傳真訂購 □ 4. 郵局劃撥 □ 5. 其他＿＿

您喜歡閱讀那些類別的書籍？

□ 1. 財經商業 □ 2. 自然科學 □ 3. 歷史 □ 4. 法律 □ 5. 文學

□ 6. 休閒旅遊 □ 7. 小說 □ 8. 人物傳記 □ 9. 生活、勵志 □ 10. 其他

對我們的建議：＿＿＿＿＿＿＿＿＿＿＿＿＿＿＿

＿＿＿＿＿＿＿＿＿＿＿＿＿＿＿＿＿＿＿＿＿

＿＿＿＿＿＿＿＿＿＿＿＿＿＿＿＿＿＿＿＿＿